Swing

Pip geeft niet op

Voor Jet en Lena

BIBLIOTHEE⟨•BREDA

Centrale Bibliotheek
Molenstraat 6
4811 GS Breda

LEESN!VEAU

		ME	ME	ME	ME	ME	
AVI	S	3	4	5	6	7	P
CLIB	S	3	4	5	6	7	8	P

Ballet

Toegekend door Cito i.s.m. KPC Groep

ISBN 978 90 475 0968 4

NUR 287

© 2009 Uitgeverij Van Holkema & Warendorf,
Unieboek BV, Postbus 97, 3990 DB Houten

www.unieboek.nl
www.viviandenhollander.nl
www.saskiahalfmouw.nl

Tekst: Vivian den Hollander
Illustraties: Saskia Halfmouw
Vormgeving: Petra Gerritsen

Vivian den Hollander

Pip geeft niet op

Met illustraties van
Saskia Halfmouw

Van Holkema & Warendorf

'Wow, dat is leuk!'
Pip zit voor de tv.
Ze kijkt naar een film.

Over het meisje Lotta.
Ze danst bij het circus.
Soms op een koord.
En vaak met haar hondje Mik.
Als Lotta zijn pootjes pakt,
danst hij met haar mee.
Pip danst zelf ook.

4

Bij dansschool Swing.
Net als haar zussen Bibi en Anna.
Ze leert er allerlei pasjes.
Maar zo dansen als dat meisje doet,
lijkt haar helemaal super.
Ze roept haar moeder.
Die is druk bezig.
Ze werkt voor de krant.

En altijd moet er snel iets af.
'Mam, kom eens kijken.
Zie je dat hondje op tv?
Mag ik er ook zo een?'

Haar moeder glimlacht.
'Grappig beest, zeg!
Maar we hebben toch al een konijn?
Dat wilden jullie toen ook zo graag.
Is dat niet genoeg?'

Pip zucht.

'Bibi en Anna wilden een konijn.

Ik wil graag een hond.

Toe, mam.

Mag het?'

Haar moeder zit alweer te tikken.

Ze zegt alleen:

'Let je op de tijd?

Je moet zo naar ballet.'

Pip rent door het park.
Ze maakt grote sprongen.
En kleine sprongen.
Soms ook opeens een draai.
Zo lijkt het net of ze danst.

'Waf! Waf-waf!'
Er schiet een hond uit de struiken.
Blaffend holt hij met Pip mee.
Soms met grote sprongen.
Dan met kleine sprongen.

Als Pip weer een draai maakt,
springt hij tegen haar op.
'Gekkie, niet doen!'

Pip gaat op haar hurken zitten.
Ze aait het hondje over zijn kop.
'Hoe heet jij?
En hou je ook van dansen?'

Ze pakt de hond bij zijn voorpoot.
Als ze zijn andere poot wil pakken,
springt het hondje weg.

'Wil je niet?
Of wil je eerst wat lekkers?'
Pip denkt aan het meisje op tv.
Die gaf haar hond een koekje.
Ze haalt haar tas van haar rug.
Vaak zit er een liga in.
Voor na de les.
Maar voordat ze kan kijken,
rent de hond er vandoor.
Met haar roze tas!
'Niet doen, stouterd!'
Pip denkt dat de hond wil spelen.

Ze holt hem achterna.
'Kom terug!
Die tas heb ik nodig voor ballet.'
Maar wat ze ook doet,

het hondje komt niet.
Hij glipt weg onder de struiken.
Pip kruipt hem achterna.
'Au!' roept ze dan.

Er schramt een tak langs haar arm.
Een andere tak prikt in haar nek.
Als ze verder kruipt,
is het hondje nergens meer te zien.
En haar tas ziet ze ook niet.

Wat nu? denkt Pip.
Ze klopt haar kleren af.
Vooral haar broek is vies.
Ach, wat geeft het.
Het gaat nu vooral om haar tas.

12

Haar danspakje zit erin.
Met haar roze schoentjes.
En, o...!
Ook het vrienden-boekje
van Maloe.
Pip had juist beloofd
het vandaag terug te geven.
Wat erg!
Ze zoekt gauw door.
Wel honderd keer roept ze:
'Hondje, waar ben je nou?'

Even later gaat Pip de dansschool in.
Ze loopt gauw naar de kleedkamer.
Zonder tas.
Ze vond hem nergens.
Het hondje was ook spoorloos.
Pip snapt er niks van.
Ze deed toch best lief tegen hem?
Verdrietig gaat ze op de bank zitten.
De anderen zijn al in de zaal.

Pip aarzelt.

Wat zal ze doen?

Ze heeft nu geen danspakje.

Maar ze wil ook niet naar huis.

Dansen is veel te leuk.

Opeens krijgt ze een idee.

Ze doet vlug haar broek uit.

Daarna trekt ze aan haar truitje.

Eerst één arm eruit.

Dan haar andere arm.

Daarna schuift ze het truitje omlaag.

Zo is het net een rokje.
Nu nog schoentjes...

Pip kijkt in de mand in de hoek.
Er liggen vaak gevonden spullen in.
Ze heeft geluk.

Ze vindt een paar schoentjes.
Ze zijn een beetje groot.
Maar dat geeft niks.

Verlegen stapt Pip de danszaal in.
Ze hoort gegrinnik.

En iemand fluistert:

'Wat een gek rokje is dat!'

Pip doet net of ze niks hoort.

Het ziet er ook raar uit.

Maar kan zij het helpen?

Gauw loopt ze naar de dansjuf.

'Hoi, Fleur,' zegt ze.

'Sorry dat ik zo laat ben.

Maar ik kwam een hond tegen.

En die pakte zomaar mijn tas.'

'Een hond?'
Fleur kijkt verbaasd.
Dan glimlacht ze.
'Dus daarom zie je er zo grappig uit.
Kom maar gauw meedoen.
We gaan net rekken en strekken.'
Pip gaat op de grond zitten.

Ze buigt voorover, zo ver ze kan.
Eerst raakt ze haar ene voet aan.
Dan haar andere voet.

Daarna strekt ze haar rug
en steekt ze haar armen in de lucht.
'Nu op je tenen gaan staan,' zegt Fleur.
'Re-le-vé heet dat.
Pip, doe eens mee!'
Pip kijkt gauw naar Fleur.
Meestal let ze goed op.
Vandaag lukt dat niet.
Steeds denkt ze aan haar tas.
Haar moeder zal vast zeggen:
'Jij hebt ook altijd wat!'

Gelukkig staat haar naam in de tas.
Maar niet haar adres.
Zelfs als Fleur muziek aanzet,
wordt Pip niet vrolijk.
En als ze naar een hoepel springt,
glijdt ze ook nog uit.
Verdrietig denkt Pip:
dit is écht een pechdag!

Als Pip thuiskomt,
durft ze niks te zeggen over de tas.
'Hoe komt je broek zo vies?'
vraagt haar moeder.
Op dat moment gaat de telefoon.
'Wat zegt u?'
Pips moeder luistert aandachtig.

'Ja, dat klopt.

Hm…

Nou, dat is heel fijn.'

Als ze klaar is met het gesprek,

kijkt ze Pip aan.

'Ben jij je ballettas kwijt?'

Pip knippert met haar ogen.
Ze wil niet huilen.
'Ja, mam,' zegt ze dan zacht.
'Een hond rende ermee weg.
Ik kon er echt niks aan doen.'
Haar moeder trekt haar naar zich toe.

'Arme Pip.
Wat een pech.
Maar... ik heb goed nieuws.
Je ballettas is gevonden.
Met het boekje van Maloe erin.

Daarin stond jouw adres.
Je hebt geluk!'

Pip huppelt over straat.
Haar zus Anna loopt naast haar.
'Hier is het,' zegt ze opeens.
Ze stopt voor een groot huis.
De deur gaat al open.
'Jij moet Pip zijn,' zegt een vrouw.
'Ik herken je van de foto in het boekje.'
Pip wil knikken,
maar dan hoort ze geblaf.
Er komt een hondje naar de deur.
'Dat is hem!' roept Pip.
De vrouw knikt.
'Dit is Binkie.
Hij glipte stiekem de deur uit.
Toen hij terug kwam,
had hij jouw tas bij zich.'

'Waf, waf!'
Binkie blaft vrolijk,
net of hij Pip herkent.
Dan klinkt er weer geblaf.
'Hebt u nog meer honden?'
vraagt Pip.
De vrouw knikt.
'Bella heeft puppy's gehad.
Willen jullie ze zien?'
Ze neemt hen mee naar de kamer.

Daar lopen vier kleine hondjes rond.
'O, die zijn lief!'
Pip vergeet waarvoor ze komt.
Ze ziet alleen de puppy's.

Eentje heeft bruine vlekken.
En één bruin oor.
Hij stoeit met een andere pup.
Maar als hij Pip ziet,
springt hij naar haar toe.
'Ach, jij bent een schatje.'

Pip aait het hondje.

Hij kwispelt met zijn staart.

Ook Anna is meteen dol op hem.

'Houdt u al die puppy's zelf?' vraagt ze.

De vrouw schudt haar hoofd.

'Dat zou te druk worden.

Eén pup blijft bij ons.

En voor deze...

zoek ik nog een lief baasje.'

Ze tilt het hondje met de vlekken op.

'Zouden jullie een puppy willen?'

Pip knikt wel vier keer.
'Ik... ik ga het meteen vragen!'
Ze holt de deur uit.
Ze heeft zo'n haast
dat ze bijna haar tas vergeet.

'Pliezzz, mam, mag het?'
Pip zit op de bank.
Ze praat alleen maar over het hondje.
Dat hij zo schattig is.
En zo lief.

Anna is het helemaal met haar eens.
'Weet je wat ik ook vind?'
zegt Pip opeens.
'Een hond in huis is handig.
Hij begint te blaffen
als er iemand voor de deur staat.
Zo beschermt hij ons.
Nu papa niet meer bij ons woont,
is dat best fijn.'
Haar moeder schiet in de lach.

'Ha, ha, ik zie het al voor me.
Een pup als waakhond!'
Maar als Pip blijft smeken,
belooft ze dat ze zal gaan kijken.
'En wij gaan mee,'
zeggen Anna en Pip in koor.

Een dag later kan Pip wel juichen!
Haar moeder vindt het hondje leuk.
Superleuk zelfs.
En twee weken later...
woont hij bij hen in huis.
Pip is dolblij.
Ze zorgt heel goed voor hem.
Als Maloe komt spelen, zegt ze trots:
'Dit is hem nou.'
Ze staan bij zijn mandje.
'Dit is dus Mik.'
'Mik?'

Pip knikt.

'Hij heet net als een hondje op tv.'

'Waf!' blaft Mik.

Hij is wakker geworden.

Even knippert hij met zijn oogjes.

Dan holt hij naar de tuin.

Pip en Maloe rennen achter hem aan.

Ze spelen een hele tijd met Mik.

Maar als hij moe wordt,

haalt Pip zijn mand.

Mik gaat er braaf in zitten.

'Wat doen we nu?' vraagt Maloe.

'Laten we gaan dansen,' stelt Pip voor.

'Ik verzin een dans.

Speciaal voor Mik.'

'Waf!' blaft Mik.

Het lijkt net of hij het goed vindt.

Even blijft hij kijken.

Maar niet te lang.

Dat is zo saai.
En als Pip en Maloe sprongen maken,
springt hij vrolijk met hen mee.
'Waf! Waf!'

Dit zijn de boeken over Swing.
Lees ze allemaal!

ISBN 978 90 475 0854 0
AVI E3

ISBN 978 90 475 0856 4
AVI E3

www.viviandenhollander.nl
www.saskiahalfmouw.nl